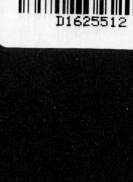

註東坡先生詩

卷之七

王新城蠶尾續文云施宿武子為淮東倉
曹善路与育嫌欲劾之無以為罪宿嘗以
其父所注坡詩鏤板倉司因摭此事坐以
贓私右見西吳里語按坡在湖為小人所
譖此文在湖州尤奇

此事詳見周公謹癸辛雜識云施宿字武子長興人父元之乾道間為左司諫宿晚為淮東倉
曹時有故舊在言路因書遺以番葡萄歸院相會出以薦酒有問知所自憾其不致
劾之無以蔽罪宿嘗以其父所注坡詩刻之倉司有所識傅穉字漢孺湖州人窮乏相投
以書遂俾書之鏤板以賙其歸因摭此事坐以贓私其女適章農卿良朋云

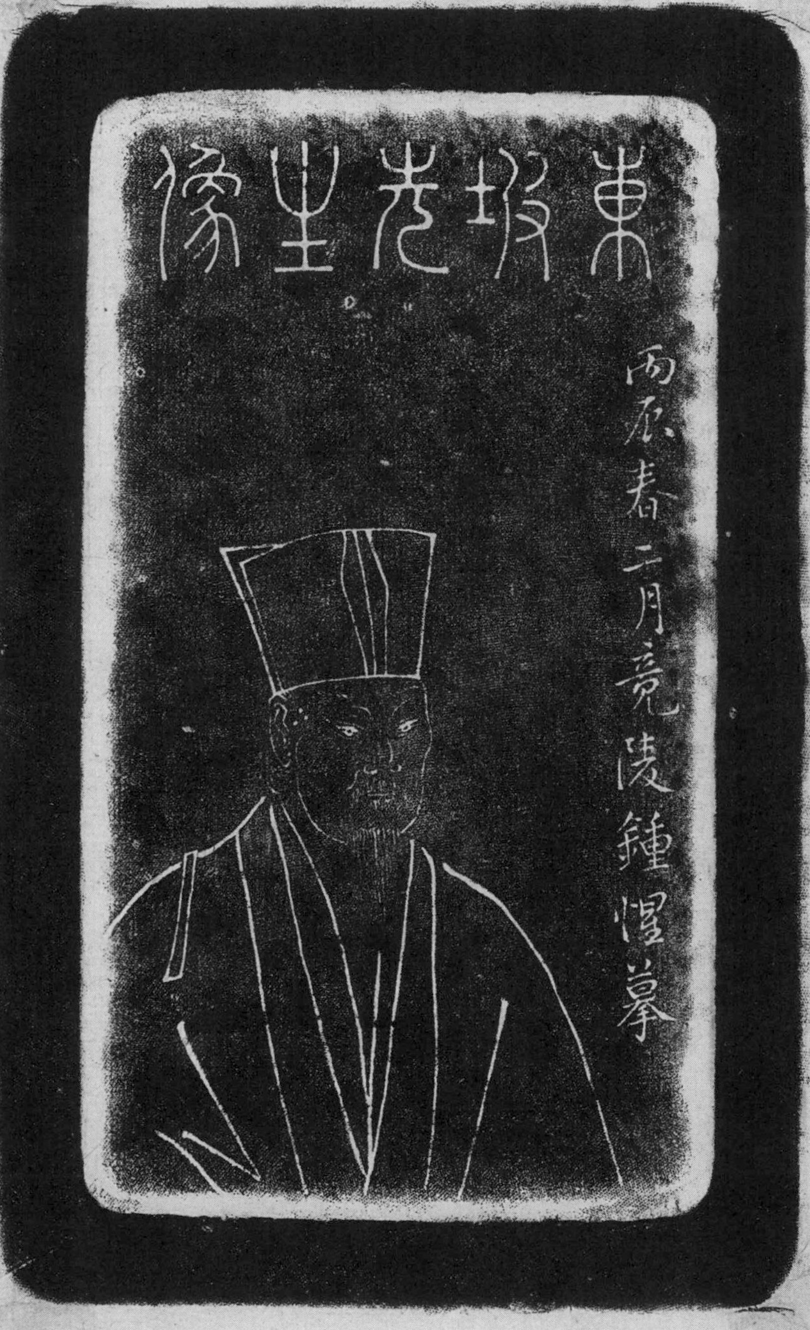
東坡先生像
丙辰春二月竟陵鍾惺摹

元祐眾人好詩格嘉泰某年鍥成冊注者施元之顧禧傳
兩家小施宿梨棗供其役故人窮乏來相訪化度九成精
筆畫調辨傳宮刻一四十有二卷落寞滄桑風雨迹倉曹適
志豈多時每負葡萄薦酒夕當年禁錮轟雷霆如
此江山賸半壁安石元常皆何往留得海頭一隻屐嗟
哉春夢卷中人屈指流年五六百牧仲開府金閶城
繙書常會諸詩客邵氏長蘅之膽大於斗眼對古人硬
擘顧氏之寃·莫許姓氏標題遭棄擲可堪寶

[illegible]只許古欽存一隻（邵氏例言音及景蕃標題只言施注何也）人生運會本偶無

傳與不傳皆可憐焚香對此開詩卷又是風花澹沲

天

題宋槧施顧二家蘇詩注為覃溪先生所藏本

乾隆四十五年三月二十五日甲辰為穀雨後十日隣家一夜花

歸書此　　吳郡張塤

註東坡先生詩卷第七

吳興施氏
吳郡顧氏

詩六十三首 時通守錢塘

追和子由去歲試舉人洛下所寄

五首

暴雨初晴樓上晚景

秋後風光雨後山 文選謝玄暉和徐都曹詩風光草際浮滿

[illegible] 白樂天悟真寺詩藍水[illegible]

孝女虞無多子[illegible]無多子[illegible]大業拾遺與六帝詩見面猶多子聞名亦許時

又恐昏鴉未到間何遜詩城陰度塹黑昏鴉接翅歸杜子美詩無人竭浮蟻有待至昏鴉

洛邑從來天地中史記周本紀成王在豐使召公復營洛邑周公復卜申視卒營築宮居九鼎焉曰此天下之中

嵩高蒼翠北邙紅毛詩嵩高維嶽駿極于天樂史太平寰宇記楊佺期洛城記云北邙山連亘四百餘里實古今東洛九原之地十道四蕃志河南北邙山上無林木惟北嶺古樗樹婆娑四五畝

風流耆舊消磨盡文選袁彥伯三國名臣贊序遐想管樂遠明風流顧況送少游上人詩襄陽耆舊幾人存

只有青山對病

翁東坡云謂冨公也

白汗翻漿午景前魏鍾毓少有令譽年十三文帝聞之於是勑見毓面有汗帝曰卿面何以汗對曰戰戰惶惶汗出如漿淮南子挈一石尊白汗交流杜子美貽柳少府詩差少多暍死汗踰水漿翻

雨餘風物便蕭然陶淵明五柳先生傳環堵蕭然

應傾半熟鵝黃酒杜子美詩鵝見黃似酒對酒愛新鵞

照見新晴水碧天文選謝靈運入彭蠡詩水碧綴流温

疾雷破屋雨翻河莊子齊物論疾雷破山風震海而不能驚杜子美詩白帝城中雲出門[illegible]詩青風未[illegible][illegible]多李

滄風掃門映小詩多　應似畫師吳道子

高堂巨壁寫降魔張彥遠歷代名畫記吳道玄陽翟人任兖州瑕丘縣尉初名道子玄宗召入禁中改名道玄工畫下筆有神名為畫聖西京唐安寺菩提院北壁降魔變相道子畫也

客路三年不見山上樓相對夢魂閒杜子美詩夜闌更秉燭相對如夢寐

明朝却踏紅塵去白樂天詠拙詩亦曾舉兩足學人踏紅塵

羞向清伊照病顏

過廣愛寺見三學演師觀楊惠之

塑寶山朱瑤畫文殊普賢

五代名畫補遺云楊惠之與
吳道子同師張僧繇筆蹟號
為畫友工藝並著而道子聲
光獨顯遂焚棄筆硯發憤專
思塑作能奪僧繇畫相與道
子爭衡又圖畫見聞誌云朱
瑤長安人工畫佛道洛中
廣愛寺有文殊普賢像
寓世身如夢維摩經是身如夢為虛妄見李太白醉起言志詩處世若
大夢胡為勞其生安閑日似年白樂天北牕閑坐詩自有延年術心
閑歲月長又綠野堂詩閑中日月[illegible][illegible]蒲翻覆臥破衲再三
連阿彌陀經衣[illegible]盛衆[illegible][illegible][illegible]合眠風竹杜子美詩嗜酒愛風
[illegible]詩蘇晉可百[illegible]宣

[illegible]覺[illegible]

妙迹[illegible]難[illegible]幽[illegible]自[illegible]氣層亂峯螺髻出休綵緲峯詩似將青螺髻撒在明月中絕磵陣雲崩史記天官書陣雲如立垣文選木玄虛海賦崩雲屑雨浤浤汩汩措意元同畫觀

空欲問僧莫教林下意終差嘆何曾雲溪友議韋丹帥江西寄東林僧靈澈詩云已為平子歸休計五老峯前必共聞靈澈荅曰相逢盡道休官去林下何曾見一人

朱瑶唐晚輩得法尚雄深劉禹錫文雄深雅健滿寺

空遺跡國語靈王不顧其民一國棄之如遺迹焉何人識苦心

文選古詩晨風懷苦心杜子美題松樹障詩更覺良工心獨苦長廊歌雨脚杜子美詩雨脚如麻未斷絕李賀秦王飲歌洞庭雨脚來吹笙破壁撼鍾音成壞無窮事唐崔神童逢春詩莫思身外無窮事且樂生前有限盃與杜子美詩句同但杜且樂作且盡他年復弔今

韓子華石淙莊

韓獻肅公名絳字子華父忠憲公名億平日常語子弟曰進取在於止足寵祿不可過溢右至六十可以退身謝[illegible]了父母墳墓則是忠於[illegible]人公[illegible]子華服[illegible]誓於墓前曰[illegible]

察副使年五十

謝事之請忽追
因辭免表具述情由
乃劉貢父代作㝡後手疏言
昔晉王羲之為會稽太守去
郡不仕亦嘗自誓於父母墓
前朝廷以其誓苦不復召之
臣今志願雖與羲之頗殊然
誓於先臣墓前則無異矣東
晉固不足以比隆聖時所以
保全臣下一節斯亦可尚臣
區區之志中外士大夫多有
知者即非臣今日輕有去就
妄干退閑也然章屢上終不
允後拜昭文相然元祐二年致
仕時年七十六矣次年薨此
詩云誓言雖未從久已斷諸

內區區為懷祖頗覺羲之隱
蓋用子華表意也石淙莊在
許昌唐武后嘗燕於此子由
考試洛陽及還過許賦詩東
坡蓋和其韻云子華事見
二十七卷韓康公挽詞註

絳侯百萬兵尚畏書牘背 漢周勃傳從高
祖封絳侯人有
上書告勃欲反下廷尉逮捕勃恐不知置
辭以千金與獄吏吏乃書牘背示之曰以
公主為證勃既出曰吾嘗將
百萬軍然安知獄吏之貴也 功名意不已

數與危機會 晉書[illegible]長民傳嘗歎曰貧賤
常思富貴富貴必履危機今
日思為[illegible]可得
也有[illegible] 我公抱絕[illegible]

[illegible]論曰凜凜焉[illegible]

迹尹名阿衡湯舉

任以[illegible]望呂尚以漁釣奸周[illegible]佐[illegible]俱歸立為師遠與巢

由對高士傳許由隱於登封箕山堯召為九州長不欲聞之洗耳於水濱時有巢父牽犢欲飲之見由洗耳問其故由語之巢父曰子若處高崖深谷人迹所不通誰能見子子故浮游俗間苟求名譽汚吾犢口牽上流而飲之誓言雖未

從父巳斷諸內晉書載記符堅曰築室于道沮計萬端吾當內斷於心矣區區為懷祖頗覺羲之隘晉王羲之傳王述少與羲之齊名而羲之輕述由是情好不協及述為揚州刺史羲之謂諸子曰吾不減懷祖而位遇懸邈當由汝等不及坦之故邪述後檢察會稽郡羲之恥之遂稱疾去郡於

父母墓前誓曰自今之後敢渝此心貪冒苟進是有無尊之心而不子也述字懷祖坦之述子也此身隨造物莊子上與造物者遊下與無終始者為友一葉舞澎湃軒后本紀見浮葉乃為舟黃閔武陵流記武陵鼎口望沅川中舟如樹一葉漢司馬相如傳沸乎暴怒洶湧澎湃韓退之詩共泛清湘一葉舟田園不早定陶淵明歸去來辭田園將蕪胡不歸歸宿終安在彼美石淙莊每到百事廢泉流知人意屢泝作濤瀨漢楊雄傳何必湘淵與濤瀨寒光洗肝肺

清響文選王仲宣七哀詩流波激清響嵇叔夜琴賦激清響以

適之罷相詩試問故

[illegible]自外使喻其[illegible]

園中市人[illegible]薈蔚可勝計 毛詩薈兮蔚兮南山朝隮

公試回首歲晚餘蒼檜

立秋日禱雨宿靈隱寺同周徐二

令

百重堆案掣身閑 文選嵇叔夜絕交書人閒多事堆案盈几劉禹錫賓貢外新居詩莫言堆案無餘地白樂天晚起詩堆案拋來眼較明杜子美有堆案相仍詩

一葉秋聲對榻眠 淮南子一葉落知天下秋白樂天新秋詩西風飄一葉又秋月詩落葉聲策策

床下雪霜侵户月 李頻

月詩看共霜雪同韓退之月詩幽坐看侵户枕中琴筑落堦泉白樂天草堂記東有瀑布瀉堦隅落石渠渠夜中如環珮琴筑聲崎嶇世味嘗應徧漢陸賈傳崎嶇山海間左傳僖公二十八年楚子曰晉侯險阻艱難備嘗之矣寂寞山棲老漸便楚辭屈原離騷野寂寞乎無人楊子不強諫而山棲惟有問農心尚在起占雲漢更茫然毛詩倬彼雲漢旱既太甚

病中獨游淨慈謁本長老周長以詩見寄仍邀游靈隱因次韻

二[illegible]杭州圖經淨慈寺周顯德[illegible]

卧聞禪老入南山淨掃清風五百間傳入吾室者但有清風李太白代壽山答人書清風掃門明月侍坐我浩一

疎宜獨往陶淵明傳與世闊疎杜牧之晚晴賦倒冠落佩兮與世闊疎准

南子莊子篇細萬物而獨往文選謝靈運入華子岡詩且申獨往志君緣詩

好不容攀自知樂事年年減白樂天曉出早歸詩勸力

年年減風光日日新難得高人日日閑白樂天長安閑居詩人無

不怪長安住何獨朝朝暮暮閑欲問雲公覔心地華嚴經文殊告

善財童子言妙峯有比丘曰德雲汝可往問云何學菩薩行杜子美謁文公上方詩

願聞第一義 回向心地初

要知何處是無還 楞嚴經阿難言若我心性各有所還則妙明元心何故無還佛告阿難今當示汝無所還地因荅以八種無還

病中游祖塔院 杭州圖經云祖塔法雲院唐開成二年建太平興國六年改今額

紫李黃瓜村路香烏紗白葛道衣凉 杜子美詩

百過落烏紗李太白荅贈詩頷得烏紗帽

閑門野寺松陰轉

欹枕風軒客夢長因病得閑殊不惡 白亞

[illegible]心樂更無方 傳燈録二

既[illegible]汝曰覓心了不可得達磨曰與汝安心

竟道人不惜指前水借與麴樽自在嘗

虎跑泉

臨安新志云昔性空禪師寄居大慈山無水忽有神人告之曰明日當有水是夜二虎跑地作穴泉水涌出因號虎跑泉

亭亭石塔東峯上文選魏文帝詩亭亭如車蓋此老初來百神仰虎移泉眼趁行脚龍作浪花供撫掌杜子美丈八溝詩慢卷浪花浮晉王羲之傳語田里所行故以為撫掌之

賁至今游人灌濯罷卧聽空堦環玦響白樂天草堂記東有瀑布中夜有環玦琴筑聲故知此老如此泉莫

作人間去來想維摩經維摩詰左手斷取三千大千世界著右手掌中又復還置本處不使人有往來想

佛日山榮長老方丈五絶杭州圖經佛日山在城西北四十里天福七年建佛日院大中祥符元年改為淨惠

陶令思歸久未成晉陶潛傳爲彭澤令解印去縣賦歸去來文選

石崇有土丞公不出旦用名陳舜俞廬山記

虎[illegible]輙蘿鳴山中只有蒼髯叟高僧傳竺法潜王敦之弟也王茂弘庾元規皆友敬焉隱剡山士或問曰山中勝友共誰則指松曰蒼髯叟也數里蕭蕭管送迎劉禹錫楊柳枝詞惟有垂楊管別離

千株玉槊攙雲立一穗珠旒落鏡寒何處霜迷碧眼客高僧傳達磨眼紺青色後稱碧眼胡僧結為三友冷相看論語益者三友白樂天雙石詩石雖不能言許我為三友

東麓雲根露角牙白樂天太湖石詩削成青玉片截斷碧雲根

細泉幽咽走金沙白樂天琵琶行幽咽泉流水下灘阿彌陀經池底純以金沙布地

不堪土肉埋山骨韓退之石鼎聯句巧匠斲

山骨不堪土肉埋未放蒼龍浴渥洼漢武帝紀元鼎四年秋馬生渥洼水中

食罷茶甌未要深白樂天食後詩食罷一覺睡起來兩甌茶清風一榻抵千金李後主箭詩天才見脩竹何啻抵千金腹搖鼻息庭花落孫樵經緯集乞巧對九衢喧喧交路朱門曉鼓一發車馳馬奔予方高枕偃然就寢腹搖鼻息夢到鄉國槐花撲庭鳴蜩噪晴懷軸囊刺門門買聲予方屛居詠歌吾廬對松欹石不知其餘還盡平生未足心杜牧之懷齊安郡詩平生睡足甦雲夢澤南州

肘回亭午枕明杜子美香積寺詩[illegible]況

炷盡碧煙橫詩碧縷鑪煙直山人[illegible]覺
無人見只有飛蚊遶鬢鳴唐文粹何諷夢渴賦搃日斜照
飛蚊遶鬢

癸丑春分後雪

雪入春分省見稀半開桃李不勝威應慚
落地梅花識梁簡文雪朝詩落梅飛四注翻英舞三襲又梅賦梅花特
早偏能識春却作漫天柳絮飛韓退之晚春詩楊花榆莢無才
思惟解漫天作雪飛不分東君專節物梁李君武詠涅詩不分高
樓妾持況別離情杜子美送杜侍御詩不分桃花紅勝錦文選陸士衡擬古詩踟躕

感節物故將新巧發陰機韓退之辛卯雪詩翕翕凌厚載嘩嘩弄陰機從今造物尤難料更暖須留御臘衣毛詩亦以御冬

孤山二詠 并引

孤山有陳時栢二株其一為人所薪山下老人自為兒已見其枯矣然堅悍如金石愈於未枯者僧志詮作堂於其側名之曰栢堂堂與白公居易竹閣相連屬余作二詩以記之

栢堂

道人手種幾生前鶴骨龍姿尚宛然雙幹一先神物化九朝三見太平年九朝謂自陳歷隋唐五代本朝也漢食貨志三登曰太平伍被傳雖未及古太平時然猶為治忽驚華構依巖出乞與佳名到處傳此栢未枯君記取灰心聊伴小乘禪莊子心若死灰傳燈錄終南圭峯宗密云悟我本空徧眞之理而修者是小乘禪

竹閣

海山兜率兩茫然盧子唐逸史會昌中有海商因風至仙山宫中

篇纖絃促柱

香霧淒迷著髻鬟 杜子美月夜詩香霧雲鬟重清

輝玉臂寒李賀詩白晝萬里閑淒迷杜子美詩自陳剪髻鬟 共喜使君

能鼓樂 晉桓伊傳使君於此不凡孟子吾王庶幾無疾病與何以能鼓樂也

萬人爭看火城還 國史補每元日冬至立仗大官皆以樺燭擁馬

有至五六百炬謂之火城有堂火城宰相火城宰相火城至則衆撲滅避之

有美堂暴雨

游人脚底一聲雷滿坐頑雲撥不開 杜牧之雲

中書懷詩臘雪一尺厚雲凍寒頑癡 天外黑風吹海立 杜子美朝

獻六清宮賦九天之雲 [illegible] 浙東飛雨過江來

還[illegible]吹飛雨蕭條江上來十分瀲灩金樽凸選木玄虛海賦浟湙瀲灩杜牧之羊欄夜宴詩酒凸觥心瀲灩光又寄李起居詩雲疊心凸知難捧千杖敲鏗羯鼓催韓愈城南聯句樹啄顯敲鏗南卓羯鼓錄羯鼓其聲焦殺鳴烈尤宜促曲急破宋開府善羯鼓嘗曰頭如青山峯手如白雨點取譬端直而急喚起謫仙泉灑面唐李白傳賀知章一見呼為謫仙玄宗坐沉香亭欲得白為樂章召入而白已醉左右以水𩓶面稍解援筆成文舊書云灑面倒傾鮫室瀉瓊瑰文選木玄虛海賦其限則有天琛水怪鮫人之室左傳泣而為瓊瑰

八月十五日看潮五絕

定知玉兔十分圓五經通義月中有兔與蟾蜍已作霜風九月寒寄語重門休上鑰周易繫辭重門擊柝周禮司門掌授管鍵以啓閉國門鄭司農云管謂籥也鍵謂牡夜潮留向月中看

萬人鼓譟懾吳儂左傳哀公十七年越伐吳吳子禦之笠澤夾水而陳越子為左右句卒鼓譟而進吳師大亂遂敗之吳儂見南部煙花記猶似浮江老阿童晉羊祜傳咸寧中吳有童謠曰阿童復阿童銜刀浮渡江祜聞之曰此必水軍有功當應其名耳益州刺史王濬小字阿童因表留監諸軍令修舟楫為[illegible]計欲識潮頭高幾許杭州圖經技[illegible]

上漸頭[illegible]越山渾在浪花中瀛詩把卷浪花浮

江邊身世兩悠悠文選鮑明遠詩身世兩相棄毛詩悠悠我思

久與滄波共白頭白樂天詩愁見風行舟又起白頭浪裏白頭人

造物亦知人易老故教江水向西流李太白白頭吟東流不作西歸水

吳兒生長狎濤淵晉夏統傳吳兒木人石心左傳昭公二年鄭子産曰火烈民望而畏之故鮮死焉水弱民狎而玩之則多死焉冒利輕生

不自憐東海若知明主意應教斥鹵變桑

田言斥鹵見爾雅尚書海濱廣斥孔安國曰言復其斥鹵神仙傳麻姑謂王方平曰自接侍以來見東海三為桑田矣東坡云是時新有旨禁弄潮公烏臺詩話云任杭州通判因八月十五日觀潮作詩五首寫在安濟亭上至第四首言弄潮之人貪官中利物致其間有溺而死者故朝旨禁斷軾謂　主上好興水利不知利少而害多言東海變桑田知此事之必不可成以譏諷朝廷水利之難成也

江神河伯兩醯雞莊子田子方篇丘之於道也其猶醯雞與微夫子之發吾覆也不知天地之大全也

海若東來氣吐蜺莊子秋水篇秋水時至百川灌河於是河伯欣然自喜以天下之美為盡在已順流而東行至於北海東面而視不見水端於是焉河伯[illegible]其面目[illegible]而歎[illegible]

[illegible]月令章句蜺常依陰雲而晝見於[illegible]衝安

得夫差水犀手。國語夫差衣水犀之甲者三千三千強弩

射潮低孫光憲北夢瑣言杭州連歲潮頭直打羅刹石吳越錢尚父俾張弓弩候潮至逆而射之由是漸退羅刹石化而為陸地遂列廛庚焉漢張騫傳宛兵弱誠以漢兵不過三千人強弩射之即破宛矣

東陽水樂亭

東坡志林云錢塘東陽皆有水樂洞泉流空巖中自然宮商此詩為東陽令王都官縣作

君不學白公引涇東注渭五斗黃泥一鍾

有院倘閑云白樂天院故白樂天有荅客
說詩云海山不是吾歸處歸即應歸兜率
天古詩話亦云古寺無人竹滿軒白鶴不留歸後
語續搜神記遼東城門華表一日有白鶴歌曰有鳥有鳥丁令威去家千歲今始
歸唐宋類詩李遠失鶴詩華表柱頭留語後不知消息到如今蒼龍猶是
種時孫吳僧贊寧筍譜俗間呼筍為龍孫兩叢恰似蕭郎
筆白樂天蕭悅畫竹歌蕭郎下筆獨逼眞森森兩叢十五莖十畝空懷
渭上村史記貨殖傳渭川千畝竹其人與千戶侯等白樂天退居渭上村詩
聖代元和歲閑居渭水陽又池上篇云十畝之宅有竹千竿欲把新詩
[illegible]畫之象鮑照從過舊宮詩遺像在[illegible]圖[illegible]維 [illegible]

摩詰更無二二法門維摩詰默然無言

與述古自有美堂乘月夜歸

娟娟雲月稍侵軒文選鮑明遠翫月詩娟娟似蛾眉瀲瀲星河半隱山鬼詩星河易翻魚鑰未收清夜永丁用晦芝田録鑰必以魚者取其不瞑目守夜之義唐司空曙詩漏促雙魚鑰車喧百子鈴晉陶淵明擬古詩佳人美清夜鳳簫猶在翠微間尚書簫韶九成鳳凰來儀荀子鳳凰秋秋其聲若簫列仙傳簫史善吹簫教弄玉吹簫作鳳鳴文選左太沖蜀都賦鬱芬蒀以翠微註云翠微山氣輕縹者爾雅山未及上曰翠微淒風瑟縮經絃柱左傳春無淒風毛詩淒其以風玉臺新詠朝時

水漢溝洫志太始三年趙中大夫白公引涇水注渭中溉田四千五百餘頃因名曰白渠民得其饒歌之曰涇水一石其泥數斗且溉且糞長我禾黍又不學

哥舒橫行西海頭李太白寒夜獨酌詩君不能學哥舒橫行青海夜帶刀西屠石堡取紫袍歸來羯鼓打梁州傳載天寶中樂章多以邊地為名如涼州甘州伊州之類是也但向空山石壁下杜甫詩露下天高秋水清空山獨夜旅魂驚愛此有聲無用之清

流趙璘因話録李勉牽使陝右愛渠水清流旬日忘發流泉無絃石

無竅強名水樂人人笑老子強名之曰道元結水樂說元子居山中有所眺愛者水樂水[illegible]貫見山曾[illegible]

屬聽多情海月空留恨洞庭不復來軒轅

至今魚龍舞鈞天漢律歷志黄帝垂衣裳始有軒轅之服故天下號曰軒轅氏莊子天運篇黄帝張咸池之樂於洞庭之野又云鳥聞之而飛獸聞之而走魚聞之而下漢西域傳魚龍角抵之戲史記扁鵲傳趙簡子曰我之帝所甚樂與百神游於鈞天廣樂九奏萬舞不類三代之樂

聞道磬襄東入海論語少師陽擊磬襄入於海

遺聲恐在海山間樂府解題伯牙學鼓琴於成連先生而情之專一尚未能也成連云吾師子春在海中能移人情乃與伯牙至蓬萊山但聞海上水汨沒漰澌聲愴然歎曰先生將移我情乃援琴而歌之遂爲天下妙手

鏘然澗谷含宮徵節奏未成

君獨喜不須寫入薰風絃家語舜作五絃之琴以歌南風曰南風之薰兮解吾民之慍兮琴操亦云縱有此聲無此耳

與周長官李秀才游徑山二君先以詩見寄次其韻二首

少年飲紅裙韓退之贈張祕書詩惟能醉紅裙酒盡推不去晉鄧攸傳百姓歌之曰鄧侯挽不留謝令推不去呼來徑山下試與洗塵霧晉烈女王凝之妻謝氏傳嘗譏謝玄學殖不進曰為塵霧經心為天分有限耶癡馬惜障泥臨流不肯渡王濟傳善解馬性嘗乘一馬著連乾障泥前有水終

馬詩臨流不肯渡似惜錦障泥獨不沾[illegible]

君千姓編周姻好國也望出汝南從我無朝暮肯將紅塵

脚文選西都賦紅塵四合白樂天詩亦曾舉兩足學人踏紅塵暫著白

雲屨嗟我與世人何異笑百步孟子以五十步笑百步則何如曰直不百步耳是亦走也功名一破甑棄置何用

顧後漢郭太傳孟敏荷甑墮地不顧而去曰甑已破矣視之何益世說鄧遐免官後見桓溫溫曰卿何以瘦荅曰有愧於叔達不能不恨於破甑孟敏字叔達文選劉越石扶風歌棄置勿重陳更憑陶請節往問征夫路南史陶潛傳卒號靖節先生歸去來辭問征夫以前路恨晨光之熹微

龍亦戀故居百年尚來去李照徑山山門事狀第一代國一大師結庵危峯之北有素衣差人致拜曰龍也願捨此地為立錫之所吾家去此湫留一穴之水慎勿堙之我將時至衛師焉至今雨雹夜春秋經大雨雹殿閣風纏霧而我棄鄉國韓退之詩夢中了了見鄉國大江忘北渡便欲此山前築室安遲暮毛詩斯干築室百堵小旻如彼築室于道謀楚辭屈原離騷惟草木之零落兮恐美人之遲暮又恐太幽獨楚辭屈原九歌幽獨處乎山中歲晚霜入屨同游得平生所疋隨蹇步後漢吳漢傳毋從征伐常所足西土又遠謝宣遠[illegible]孔明不自愛

[illegible]非敢自交[illegible]論之起三顧三國志[illegible]亮字孔明先主

屯新野徐庶謂曰諸葛孔明卧龍也此人可就見不可屈致宜枉駕顧之先主詣亮凡三往乃見亮臨出師漢中上疏曰先帝三顧臣於草廬之中咨臣以當世之事

吾歸便却掃文選江文通恨賦閉關却掃塞門不仕晉葛洪傳閉門却掃未嘗交游誰踏門前路唐逸史李適罷相賦詩云試問門前客今朝幾箇來

臨安三絕

將軍樹

五代史吳越世家臨安里中有大樹錢鏐幼時與羣兒戲

樹下及貴歸宴父老山林皆
覆以錦號其樹曰衣錦將軍

阿堅澤畔菰蒲節　晉載記秦苻洪始其家池中蒲生長五丈五節如竹形時咸謂之蒲家因以為氏其後洪以讖文有草付應王又其孫堅背有艸付字遂改姓苻堅彊盛時童謠云阿堅牽連三十年

玄德墻頭羽葆桑籬　三國志蜀先主劉備字玄德舍東南角上有桑樹遙望童童如小車蓋先主少時戲於樹下言吾必當乘此羽葆蓋車

不會世間閑草木與人何事管興亡　唐沈彬舟過金陵詩江山不管興亡事一任斜陽送客愁

楚人沐猴冠 項羽曰富貴不歸故 韓生曰

鄉如衣錦夜行韓曰人謂楚人沐猴而冠云然 越俗徒詫翁子

賢 漢朱買臣傳字翁子上拜為會稽太守謂曰富貴不歸故鄉如衣繡夜行今子何如買臣頓首辭謝 五百年間異人出 孟子五百年必有王者興其間必有名世者晉郭璞題臨安山詩云海門山氣橫為案五百年間異姓王漢公孫弘傳羣士慕嚮異人並出 盡將錦繡裹山川

石鏡

山謙之吳興記臨安縣東五里石鏡山東有石鏡一所徑二赤四寸甚清亮武肅王錢鏐幼時遊此照其形服冕旒

如王者狀

山雞舞破半巖雲異苑魏武時南方獻山雞以大鏡著其前雞鑒形而舞不止庾信畫屏詩吹簫迎白鶴照鏡舞山雞菱葉開殘野水

春應笑武都山下土枉教明月殉佳人揚雄蜀王本紀武都山精丈夫化為女子顏色美絕蜀王納以為妃無幾物故乃發卒之武都擔土葬成都郭中號武擔山地高七丈上有一石徑二丈厚五尺呼為石鏡以表其墓見後漢方術傳注

登玲瓏山臨安圖經玲瓏山在縣西十二里兩山屹起盤九折上逕絕頂名曰仙[illegible]

何年僵立兩蒼龍瘦脊盤盤尚倚空翠浪舞翻紅罷亞杜牧之郡齋獨酌詩罷亞百頃稻西風吹半黃白雲穿破碧玲瓏文選謝靈運北山詩側徑既窈窕環州亦玲瓏三休亭上五延月九折巖前巧貯風脚力盡時山更好莫將有限趁無窮文選左太沖招隱詩躊躇足力煩聊欲投吾簪杜子美詩莫思身外無窮事且盡生前有限杯唐人詩浮世無窮事勞生有限身

宿九仙山東坡自註云九仙謂左元放許邁王謝之流

風流王謝古仙眞南史王儉傳儉嘗曰江左風流宰相惟有謝安蓋自況也杜子美壯遊詩王謝風流遠一去空山五百春王室金堂餘漢士晉王羲之傳許邁遺羲之書曰自山陰南至臨安多有金堂玉室漢末諸得道者在焉桃花流水失秦人陶淵明桃花源記晉太康中武林漁人泝溪行逢桃花林林盡水源得一山其中人云先世避秦來此絕境漁人旣出詣太守言之太守遣人隨其往尋遂迷不復得路困眠一榻香凝帳韋應物蘇州詩宴寢凝清香夢遶千巖冷遍身夜半差僧咤客起雲峯無處溥冰熱

游九仙山[illegible]兒歌陌上花父老云吳越王妃每歲春必歸臨安王以書遺妃曰陌上花開可緩緩歸矣吳人用其語為歌含思宛轉聽之凄然而其詞鄙野為易之云

陌上花開蝴蝶飛江山猶是昔人非文選魏文帝與吳質書節同時異物是人非

遺民幾度垂垂老左傳猶有先王之遺民焉五代史補僧貫休入蜀獻王建詩曰一缾一缽垂垂老萬水千山得得來

游女長歌緩緩歸毛詩漢廣漢有游女

陌上山花無數開路人爭看翠軿來文選陸士衡羅敷艷歌北渚盈軿軒蒼頡篇曰衣車也唐韻軿四面屏蔽婦人車也若為留得堂堂去唐薛能詩青春背我堂堂去白髮催人故故生且更從教緩緩迴

生前富貴草頭露杜子美送孔巢父詩惜君只欲苦死留富貴何如草頭露身後風流陌上花晉張翰傳使我有身後名不如即時一盃酒文選王仲宣贈蔡子篤詩風流雲散已作遲遲君去魯孟子孔子去魯曰遲遲吾行也去父母國之道也猶歌緩緩妾迴家

謝安東山也

東山在會稽上虞縣西南口十五里晉太傅文靖公謝安字安石所居一名謝公山歸然排立於衆峯間拱揖蔽虧如鸞鶴飛舞其巔有謝公調馬路白雲明月二堂址千嶂林立下視蒼海天水相接蓋絕景也下山出微徑為國慶寺乃安石故宅安石傳云寓居會稽與王羲之許詢支遁游出則漁獵山水入則言詠屬文後雖受朝寄然東山之志始末不渝安石孫靈運傳云父祖並葬始寧山中并有故宅及墅故其詩云偶與張邴合久欲還東山世說王羲

之語劉惔曰若安石東山志立當與天下共推之注引續晉陽秋曰安石家於上虞放情丘壑正在此山自東漢末析上虞之始寧鄉為始寧縣至東晉有上虞始寧二邑陽秋所載得其實矣汝陰王性之銍游東山記刻石國慶放究甚備其說良是獨不援陽秋之說豈偶遺之耶性之云今臨安境中亦有東山金陵土山俱非是臨安山則許邁許稱文靖嘗往坐石室臨眉谷謂與伯英何遠者孟為海山之游而非所居之山也

復情[illegible]所鍾晉[illegible]傳聖人[illegible]情[illegible]感夜[illegible]之所鍾正在我輩
緊萃中年正賴絲與竹陶寫有餘歡常恐
兒輩覺坐令高興闌漢郅解傳少時陰賊感緊註云感緊者感
意氣而立節緊也劉亭得詩中年多感緊王羲之傳謝安嘗謂曰中年以來傷於哀
樂與親友別輒作數日惡羲之曰年在桑榆自然至此正賴絲竹陶寫常恐兒輩覺
損其歡樂之趣獨携縹緲人宣室志謝翶詩云空添滿目淒涼事不見
三山縹緲人麗情集盧諫議詩謝安山上娉婷女馬季紗前縹緲人來上東
西山放懷事物外徙倚弄雲泉文選謝叔源詩徙倚
引芳柯謝安傳雖放情丘壑然每游賞必以妓女從雖受朝寄然東山之志始末不

淪白樂天自餘杭歸詩行行弄雲水一旦功業成管蔡復流

言慷慨桓野王楚辭宋玉九辯好夫人之慷慨哀歌和清

彈挽髭起流涕始知使君賢晉桓伊傳小字野王孝武

末年謝安為王國寶所讒嫌隙遂成帝召伊燕安侍坐伊撫箏而歌怨詩曰周旦佐

文武金縢功不刊推心輔王政二叔反流言安泣下沾襟乃越席就之捋其鬚曰使

君於此不九意長日月促文選陸士衡弔魏武帝文何命促而意長

卧病已辛酸謝[illegible]傳雅志未就遂遇疾篤還[illegible]聞當入西州門淚自慨

失文選劉越[illegible]詩序備辛[illegible]謹慟哭西州門往驚

[illegible]度四坐如古木丘墓堙羊曇謝

自安[illegible]山州路當因[illegible]西州門[illegible]以馬策扣扉誦曹子建詩曰生存華屋處零落歸山丘因慟哭而去附謝安傳漢楊惲傳人生行樂爾

宿海會寺杭州圖經臨安縣海會寺在縣西三里梁大同元年置為竹林寺大中祥符元年改今額

籃輿三日山中行晉陶潛傳刺史王弘知潛當往廬山遣人齎酒於半道要之還州問其所乘荅曰向乘籃輿亦足自反山中信美少曠平文選潘安仁懷縣作詩信美非吾土下投黃泉上青冥左傳隱公元年鄭莊寘武姜于城潁誓之曰不及黃泉無相見也莊子田子方篇夫至人者上闚青天下潛黃泉揮斥八極神氣不變白樂天長恨歌上窮碧落下黃泉

楚辭九章據青冥而攄虹綫路每與猿猱爭劉禹錫插田歌田塍望如線

重樓束縛遭澗坑兩股酸哀飢腸鳴

北渡飛橋踏彭鏗韓退之記夢詩我亦平行踏亂虧神宇骨蹻脚不掉側身上視谿谷盲杖撞玉版聲彭觥

繚垣百步如古城文選左太沖魏都賦繚垣開囿觀宇相臨又張平子西京賦西京繚垣綿聯

大鐘

橫撞千指迎楞嚴經衆集撞鐘漢貨殖傳童手指千註指千則人百

高堂延客夜不扃杉槽漆斛江河傾本朶

無垢洗[illegible]維摩經八解之浴池定水湛然滿布以七淨華浴此無垢

又到[illegible]四[illegible]韓退之石鼎聯句序

[illegible]失色不敢喘統如五五鼓天未明傳[illegible]呉人

歌之曰經如打五鼓舞明天欲睹木魚呼粥亮且清劉以行撫遺

有一白衣問天生長老曰僧舍悉懸木魚

何也荅云用以警衆白衣曰必刻魚有何

因地長老不能荅遺僧以問琅山悟下師

師曰魚晝夜未甞合目亦欲修行者日夜

忘寐思所以至於道而又魚可化為龍以

可以至聖令釋子勤勤至聖如魚之可以

成龍亦變化之義也不聞人聲聞履聲漢鄭崇傳為尚書僕射每

見曳革履上笑曰我識鄭尚書履聲

海會寺清心堂

南郭子綦初喪我莊子齊物論南郭子綦隱几而坐仰天而噓嗒

焉似喪其耦顏成子游立侍乎前子綦曰今者吾喪我汝知之乎西來達

磨尚求心傳燈錄二祖謂達磨曰我心未安請師安心達磨曰將心來與汝安二祖曰覓心了不可得達磨曰與汝安心竟此堂不說有清

濁游客自觀隨淺深清淨經云有清有濁兩歲頻為

山水役一谿長照雪霜侵紛紛紛無補竟何

事文選宋玉神女賦紛紛擾擾未知何意慚愧高人閉户吟國語大國慚愧小國附協

徑山道中次韻荅周長官兼贈蘇

寺丞

年來戰紛華頗覺夫子勝門人之高第也
猶云出見紛華盛麗而悅入聞夫子之道而樂二者心戰故未能決以臞非子云子貢
見子夏肥而問之子夏曰吾苦戰勝入見夫子之義則榮之出見冨貴又榮之二者
戰於胷中而夫子之義勝故肥也欲求五畒宅孟子五畒之宅樹之
以桑灑掃樂清淨學道恨日淺問禪慙聽瑩
莊子齊物論是黃帝之聽熒也韓退之送文暢師詩僧時不聽瑩若飲水救渴聊
為山水行遂此麋鹿性白樂天中書寓直詩[illegible]一木形骸麋鹿
心獨游吾未果劉禹錫別浩初師詩獨游常鮮歡覓伴誰
復聽吾宗古遺直左傳昭公十四年仲尼曰叔向古之遺直也又

晉吾宗也豈害我哉**窮達付前定**南史沈攸之傳早知窮達有命恨不十年讀書鄴侯李泌家傳肅宗命誅竇庭芝泌因奏瓠蘆生並告之事上遽赦之因曰天下事皆是前定**餔糟醉方熟**史記屈原傳舉世混濁何不隨其流而揚其波衆人皆醉何不餔其糟而啜其醨**灑面呼不醒**唐李太白傳玄宗坐沈香亭召白為樂章白已醉左右以水頮面舊書云灑面五代史唐紀李克用過汴州朱全忠伏兵攻之克用醉㪺侍者郭景銖以水醒面而告以難**奈何效燕蝠屢欲爭晨暝**烏臺詩話臨安知縣大理寺丞蘇舜舉言自來聞人說一小話云燕以日出為旦入為夕蝠以日入為旦出為夕爭之不決訴於鳳凰至路次逢一禽謂燕曰不[illegible]

等不分別是非不如從我游沙秀才書亦能從我游乎高論發犀柄世說王長史云劉尹以犀柄麈尾著柩中陸龜蒙村夜詩遇歗舞蚍矛逢談捉犀柄谿南渡橫木山寺稱小徑東坡云太平寺俗號小徑山幽尋自茲始韋應物陪王卿游詩相在幽尋携歸路微月映南望功臣山杭州圖經功臣山在臨安縣南本名天官山晉天福五年敕改今名雲外盤飛磴時東三更渡錦水再宿留石鏡緬懷周與李坡與周長官李秀才游山有唱酬詩見卷中能作洛生詠晉謝安傳能作洛下書生詠顧愷之傳或請作洛生詠荅曰何至作老婢聲明朝三

子至詩律嚴號令 白樂天謝西川杜相公詩詩家律手在成都

籃輿置紙筆 杜子美舂陵行呼兒具紙筆隱几臨軒檻作詩呻吟內墨淡字欹傾

得句輕千乘 杜牧之寄張祜詩誰人得似張公子千首詩輕萬户侯史記輕千乘之國而重一言

玲瓏苦竒秀名實巧相稱 後漢孔融傳名實相副綜達經學

九仙更幽絶笑語千山應 駱賓王月夜詩山虛響似應水淨望如空

空巖側破罋飛溜瀼浮磬 尚書禹貢泗濱浮磬

山前見虎跡候吏鏡鼓競 後漢王霸傳光武至滹沱河候吏還白河水流澌南史曹景宗傳華光殿連句云去時兒女悲歸來笳鼓競

我生本艱辛飛王蒲釜

鬬時絶粒閭里歌之曰甑中生塵范史雲
釜中生魚范萊蕪桓帝時為萊蕪長山禽與野獸知我久蹭
蹬文選木玄虛海賦蹭蹬窮波陸死鹽田杜子美贈李四丈詩蒼忙風塵際蹭蹬
騏差驎笑謂候吏還禦虎吾有命徑山雖云
遠行李稍可併左傳僖公三十年燭之武見秦伯曰若舍鄭為東道
主行李之往來共其乏困君亦無所害又襄公八年亦不使一个行李告于寡人北
預曰行人也頗訝王子猷忽起山陰興晉王徽之傳字
子猷山陰夜雪初霽忽憶戴安道安道時在剡便夜乘小舟詣之造門不前而反人
問其故曰本乘興而行興盡而反何必見安道但報菊花開吾當

理歸榜文選謝宣遠詩榜人理行艫杜子美詩不嫌蓬鬢改但媿菊花開

汪覃秀才久留山中以詩見寄次

其韻

季子應嗔不下機戰國策蘇秦說秦王書十上而說不行去秦而歸至家妻不下維嫂不為炊秦喟然歎曰是秦之罪也秦字季子見史記白樂天讀史詩季子憔悴寺婦見不下機棄家來伴碧雲師文選江淹擬惠休上人詩日暮碧雲合佳人猶未來中秋冷坐無因醉半月長齋不肯饑杜子美飲中八仙歌蘇晉長齋繡佛前擲簡搖

毫無午色已[illegible]蛾云汪善書書託寫諸人詩[illegible]

[illegible]紅汙海醫[illegible]投名入社有新詩[illegible]錄謝靈[illegible]運欲投名入社遠公不許靈運謂生法師曰白蓮道人所無譜我俗緣未盡而不知我在家出家久矣

飛騰桂籍他年事莫忘山中採藥時後漢韋著入雲陽山採藥不反見韋彪傳

再游徑山

老人登山汗如濯倒床困卧呼不覺覺來五鼓日三竿南齊天文志永明五年十一月丁亥日出三竿謂朱色黃色赤暈也劉禹錫竹枝詩日出三竿春霧消始信孤雲天一握廣異記興元之南山有絕頂謂之孤雲兩角諺云孤雲兩角去天一握淮陰侯廟在

王仁裕詩云一握寒天古木深路人從識漢淮陰平生未省出艱險兩足慣曾行犖确韓退之山石詩山石犖确行徑微含暉亭上望東溟東方朔十洲記蓬萊島別有圓海水色正黑謂之溟海凌霄峯頭挹南嶽共愛絲杉翠絲亂誰見玉芝紅玉琢白雲何事自來往明月長圓無晦朔東坡云山有白雲峯明月庵塚上雞鳴猶憶欽徑山山門事狀第一代國一大師法欽居山有雞常隨法會及師奉詔之長安雞長鳴三日不食而死今靈雞塚在焉山前鳳舞遠徽璞郭璞題臨安山詩云天目山前兩乳長龍飛鳳舞到錢塘[illegible]五百年間出

事叙徑山天目之峯也雪牕則兀兀平
死山門事狀云法欽在山有白兎二常跪於杖屨之間煙嶺孤猿苦
難捉從來白足傲生死高僧傳魏武帝有一僧白足名思始
甚有神異號白足禪師不怕黃巾把刃嬲榻上雙痕
凜然在劒頭一吷何須角山門事狀云第三代法濟大師
洪諲始至是山遇黃巢徧師數千人至而師宴坐不起賊以劒揮禪座者再師神色
不動賊投刃而拜寺得以全今二劒迹尚存後漢靈帝紀中平元年鉅鹿人張角部
師三十六萬皆著黃巾同日反叛莊子則陽篇道堯舜於戴晉人之前譬猶劒首之
一吷嗟我昏頑晩聞道莊子漁父篇早湛於人僞而晩聞大道也

與世齟齬空多學 楚辭宋玉九辯圜鑿方枘兮吾固知其齟齬而難入論語子曰賜也爾以予為多學而識之者與 靈水先除眼界花 東坡云龍井水洗眼有功白樂天悟眞寺詩眼界吞秦原 清詩為洗心源濁騷人未要逃競病 南史曹景宗傳帝於華光殿宴飲聯句令沈約賦韻餘競病二字曹景宗便賦斯須而成詩云去時兒女啼歸來笳鼓競借問行路人何如霍去病 禪老但喜聞剝啄 韓退之剝啄行剝剝啄啄有客至門我不出應客去而嗔 此生更得幾回來從今有暇無辭數 杜子美詩問我數能來

一[illegible]宮 杭州圖經洞霄宮在餘杭

祥符九年改今額

上帝高居愍世頑杜子美詩上帝高居辭節朝故留瓊館在允閒青山九鏁不易到找洞霄宮自皖坎鎮度谿行十數里有山回環中通小逕自山罅而入則有田疇稍前亦復亂峯交鏁如是九疊始上陟平陸而宮居其陽世謂其山為鏁云作者七人相對閑論語作者七人東坡云今監宮九七人庭下流泉翠蛟舞杜牧之弄水亭詩弄水庭前谿颭灧翠蛟舞洞中飛鼠白鴉飜李太白荅族弟贈仙人掌茶詩常聞玉泉山山洞多乳窟仙鼠如白鴉倒懸深谿月臨安志大滌洞白鼠長二尺遊長於高崖間即今洞霄宮也長松怪石宜霜

鬢不用金丹苦駐顏韋應物宮人入道詩金丹擬駐千年貌白樂天洛歌行又無大藥駐朱顏

初自徑山歸述古召飲介亭以病

先起

西風初作十分涼喜見新橙透甲香遲暮

賞心驚節物楚辭屈原離騷恐美人之遲暮文選謝靈運詩賞心不可忘又踟躕感節物登臨病眼怯秋光杜子美發秦州詩登臨未消憂白樂天除夜詩病眼不眠非守歲慣眠處士雲庵裏風俗

通處士[illegible]隱[illegible]醉佳人錦瑟傍杜子美詩[illegible]

[illegible]詩[illegible]詩李商隱有錦[illegible]詩云北斗[illegible]狐[illegible]走青衣猶占下夢已

清興在臥聞歸路樂聲長王維從岐王燕衛家山詩送將歌舞出歸路莫愁長

明日重九亦以病不赴述古會再

用前韻

月入秋帷病枕涼文選阮嗣宗詠懷詩薄帷鑒明月霜飛夜簟故衾香可憐吹帽狂司馬晉孟嘉傳為桓溫參軍九月九日宴龍山風至吹嘉帽落謝弈傳桓溫辟為安西司馬弈嘗逼溫飲溫走入南康主門避之主曰君若無狂司馬我何由得相見空對親春老孟

光後漢梁鴻傳至吳為人賃舂每歸其妻孟光為具食舉按齊眉不作雍

容傾坐上漢司馬相如傳卓王孫為具召之并召臨卭令臨卭令身自迎相如相如為不得已而強往一座盡傾相如時從車騎雍容閑雅甚都翻成

骯髒倚門旁後漢趙壹傳為詩曰文籍雖滿腹不如一囊錢伊優北堂上骯髒倚門邊人間此會論今古杜牧之九日詩古往今來只如此牛山何必更沾衣細看茱萸感歎長杜子美九日登崔氏莊詩明年此會知誰健更把茱萸子細看

九日尋臻闍梨遂泛小舟至勤師院二首

白髮長嫌歲月侵病眸兼怕酒盃深之韓寒食夜歸詩飲酒寧嫌盞底深南屏老宿閑相過西湖有南屏山

東閣郎君懶重尋摭言李義山師令狐文公楚大中中趙公綯在内廷重陽日義山謁之不見尸久寺紀于屏而去云曾共山公把酒巵霜天白菊正離披十年泉下無消息九日樽前有所思莫學漢臣栽苜蓿還同楚客詠江蘺郎君漸貴施行馬東閣無因得重窺漸一作官

試碾露芽烹白雪柳子厚詩晨朝掇露芽國史補風俗貴茶茶之品益衆福州有方山之露芽休拈

霜蘂嚼黃金文選郭景純游仙寺放情凌霜外嚼蘂挹飛泉扁舟

又截平湖去王羲之筆陣圖十二章云横即如長舟之截山渚欲

詠孤山支道林 高僧傳支遁字道林姓關氏二十五出家住支山寺謝安與之游

湖上青山翠作堆葱葱鬱鬱氣佳哉 後漢光武紀望氣者蘇伯阿遥見春陵郭唶曰氣佳哉鬱鬱葱葱然 笙歌叢裏抽身出 白樂天寄山僧詩會擬抽身去當風料擻衣 雲水光中洗眼來白足赤髭迎我笑 劉禹錫送僧元暠詩序備將迎者皆赤髭白足之侶 高僧傳魏武時有一僧白足名惠始甚有神異號白足禪師 續高僧傳後魏佛陀耶舍為人亦髭善解毗婆沙論時號赤髭毗婆舍 拒霜黃菊為誰開明年桑苧翁茶熟處憶著衰翁首[illegible]

[illegible]延與陸羽煎茶詩東坡云余來年九日去此久矣

九日舟中望見有美堂上魯少卿飲以詩戲之

指點雲間數點紅杜子美少年行指點銀瓶索酒嘗笙歌正擁紫髯翁吳志孫權傳張遼問吳降人向有紫髯將軍是誰曰孫會稽也白樂天隋堤柳詩紫髯郎將護錦纜王維詩嚴城時未啓前路擁笙歌誰知愛酒龍山客晉孟嘉傳好飲雖多不亂桓溫問酒有何好而卿嗜之嘉曰公未得酒中趣耳九日溫宴龍山有風至吹嘉帽落却在漁舟

一葉中黃閔武陵沅記武陵都有水名鼎口望沅川中舟行如樹一葉白樂天詩三聲猿後思鄉淚一葉舟中載病身

西閣珠簾卷落暉西京雜記漢昭陽殿織珠為簾風至則鳴如珩珮之聲王勃滕王閣詩珠簾暮捲西山雨杜牧之九日詩不用登臨恨落暉

沅煙斷佩聲微文選江文通休上人詩膏鑪絕沉燎遙知通水

德淒涼甚擁髻無言怨未歸伶玄趙飛燕外傳自序云子于買妾樊通德頗能言飛燕姊弟故事子于語通德曰斯人俱灰滅矣時疲精力馳騖嗜慾蠱惑之事寧知歸荒田野草乎通德掩袖顧燭影以手拓髻悽然泣下不勝其悲之

遊諸佛舍一日飲釅茶七盞戲書勤師壁

示病維摩元不病維摩經長者維摩詰以方便現身有疾以其疾故國王大臣長者居士數千人皆往問疾維摩詰廣為說法文殊問言居士是疾何所因起以一切衆生病是故我病若一切衆生得不病者則我病滅在家靈運已忘家盧山蓮社雜錄謝靈運欲入社遠公不許靈運之謂生法師曰白蓮道人將無謂我俗緣未盡而不知我在家出家久矣傳燈錄杭州招賢寺會通禪師德宗時為六宮使謁鳥窠禪師曰為出家故休官願和尚授與僧相師曰汝若了淨智妙圓體自空寂即真出家何假外相汝當為在家菩薩戒施俱修如謝靈運之

會也何須魏帝一丸藥宋樂志魏文帝折楊柳行西山一何高高高殊無極上有兩仙童不飲亦不食賜我一丸藥光耀有五色服之四五日身體生羽翼且盡盧仝七碗茶盧仝謝孟諫議茶詩七碗喫不得也唯覺兩腋習習清風生

九日湖上尋周李二君不見君亦見尋於湖上以詩見寄明日乃次其韻

湖上野芙蓉爾雅荷別名芙蓉含思愁脈脈文選古詩盈盈一水間脈脈不得語娟然如靜女靜女毛詩篇名又靜女其姝

杜牧之晚晴賦復引舟于深灣忽八九之

紅芰姹然如婦歛然如女不肯傍阡陌史記秦紀開阡陌漢成帝紀詔

二千石勸勉農桑出入阡陌顏師古曰阡田間道也杜子美吳十侍御江上宅詩曰

色傍阡陌詩人杳未來文選江文通休上人詩日暮碧雲合佳人殊未

來霜艷冷難宅君行逐鷗鷺出處浩莫測

唐文粹獨孤及酬于逖詩出處未易料葦間聞拏音莊子漁父篇刺

舡而去延緣葦間孔子不顧待水波定不聞拏音而後敢乘雲表已飛

履後漢王喬傳每朔望朝輒有雙鳬飛來舉羅張之但得一隻舄焉使我

終日尋逢花不忍摘人生如朝露漢蘇武傳李陵

謂武曰人生如朝露何久自苦如此要作百年客文選古詩人生天地間忽如遠行客白樂天渭上詩浮生同過客喟彼終歲勞幸茲一日澤禮記百日之蜡一日之澤願言竟不遂毛詩願言則嚏漢司馬相如傳宦遊不遂而困人事多乖隔陶淵明荅龐參軍詩序人事好乖便當語離悟此知有命沉憂傷魂魄文選曹子建詩去去莫復道沉憂令人老孔文舉論盛孝章書若使憂能傷人此子不復得永年矣

送杭州杜戚陳三掾罷官歸鄉

秋風城滅鳥枯蓼文選盧子諒時興詩凝[illegible]

摵芳菲零葉葉芬華落摵所華叉舟闇荒村夜悄悄白樂天詩
高枕夜悄悄滿耳秋泠泠正當逐客斷腸時孟東野峽哀詩逐客
零落腸到此湯火煎君獨歌呼醉連曉漢曹參傳聞吏醉歌呼乃
反取酒張坐飲大歌呼與相和老夫平生齊得喪尚戀微
官失輕矯文選歐陽堅石詩抱責在微官韓退之詩因抱念輕矯君
今憔悴歸無食楚辭劉向九歎倚石巖以流涕兮憂憔悴而無樂韓
退之詩居閑食不足從事力難任五斗未可秋毫小晉陶潛傳
吾不能為五斗米折腰拳拳事鄉里小人莊子齊物論天下莫大於秋毫之末而太
山為小君言失意能幾時鮑照結客少年場行失意杯酒間古

樂府滿歌行鑿石見火能幾時
月啖蝦蟇行復皎
盧仝月蝕詩傳聞古老說蝕月蝦蟇精又云須臾癡蟇精兩吻自決拆光彩未蘇來慘澹一片白何萬里光受此吞吐厄韓退之月蝕詩形如白盤貌貌上天東忽然有物來噉之不知是何蟲嘗聞古老言疑是蝦蟇精也記龜策傳曰為德而君於天下辱於三足之烏月為刑而相佐見食於蝦蟇毛詩月出皎兮
殺人無驗中不快此恨終身恐難了徇時所得無幾何隳手己遭憂患繞
公烏臺詩話云熙寧五年杭州録參杜子方司戶陳珪司理戚秉道各為承勘本州姓裴人家女使夏沉香投井及姓裴之女亦在內身死不明事當時夏沉香只決臀杖二十放後來本路提刑陳睦舉駮[illegible]

官因此銜替意陳睦張若濟駁勘不當致
此三之無辜失官軾作詩送之云号言失
意能幾時月吮蝦蟇行復皎意取盧仝月
蝕詩云傳聞古來説月蝕蝦蟇精盧仝云
比朝廷為小人所蒙蔽也軾亦言杜子
等本無罪為陳睦張若濟蒙蔽朝廷以
銜替逐人後當感悟牽復云徇時所得
幾何隨手已遭憂患繞意謂
張若濟不久亦自被劾矣

期君正[illegible]久

宿麥漢武帝紀元狩三年遣使
者勸有水災郡種宿麥

忍飢

明年麨杜子美詩忍飢浮
雲巘唐韻麨糗也

次韻周長官壽星院同餞魯貟外

瑠璃百頃水仙家杜子美渼陂行天地黯
慘忽異色波濤萬頃堆

瑠璃風靜湖平響釣車寂歷踈松欹晚照柳子厚郊居詩寒花踈寂歷劉禹錫詩寂歷斜陽照懸皷伶俜寒蝶抱花文選潘安仁寡婦賦少伶俜而偏孤註伶俜單子也困眠不覺蒲褐歸路相將踏桂華更著綸巾披氅晉謝萬傳簡文召為撫軍中郎萬着白綸巾鶴氅裘履版而前他年厓畫圖誇歐陽文忠公送謝中舍詩故事已傳遺老說世人今作畫圖誇

次韻述古過周長官夜飲

二更鐃鼓動諸鄰百首新詩閒八珍文選張茂先答何劭詩良朋貽新詩周禮食醫掌和[illegible]

[illegible]已遣亂蛙成兩部南史孔珪門庭之內草
萊不翦中有蛙鳴或問之曰欲為陳蕃乎荅曰我以此當兩部鼓吹更邀明
月作三人李白月下獨酌詩舉盃邀明月對影成三人雲煙[illegible]
寺家家境燈火沙河夜夜春白樂天杭上元詩燈
家家境筌歌處處樓曷不勸公勤秉燭文選古詩短苦夜巨
不秉燭遊差來光景似奔輪文選曹子建〻篇白日西南馳
景不可攀白樂天春游詩大限年百歲幾人及七旬我今六十五走若下坂輪
述古以詩見責屢不赴會復次前
韻

我生孤僻本無鄰論語德不孤必有鄰杜子美寄李白詩道屈善無鄰

老病年來益自珍肯對紅裘辭白酒韓退之張祕書詩不解文字飲唯能醉紅裘白樂天朱陳村詩黃雞與白酒歡會不隔旬

但愁新進笑陳人漢趙廣漢傳所居好用世吏子孫新進年少者

莊子寓言篇人而無以先人無人道也人而無人道是謂之陳人

北山猿鶴休驚夜文選孔德璋北山移文蕙帳空兮夜鶴怨山人去兮曉猿驚

南歸巾車欲及春陶淵明歸去來辭農人告予以暮春將有事乎西疇或命巾車或棹孤舟

多謝清詩屢推轂漢鄭當時傳推轂士

誠有味[illegible]

絺音那解轉方輪東坡云來詩有[illegible]

軸所以為滑也然而不能運方穿

金門寺中見李西臺與二錢惟演易

唱和四絕句戲用其韻跋之

帝城春日帽簷斜白樂天詩何處春深好春深學士家相逢不敢揖彼此帽低斜李商隱代官妓贈兩從事詩新人橋上著春衫舊主江邊側帽簷

二陸初來尚憶家晉陸雲傳少與兄機齊名時號二陸語林陸機夏在洛忽思東頭竹篠飲語劉寶曰吾鄉思轉深矣未肯將鹽下蓴菜陸機傳王濟指羊酪謂機曰吳中何已以敵此荅曰千里蓴羹未下鹽豉

應知雪似楊花錢昭度詩南人如問雪向道是楊花

平生賀老慣乘舟騎馬風前怕打頭杜子美歎

中八仙歌知章騎馬似乘舡白樂天小舫詩白蘋香起打頭風欲問君王

乞符竹漢文帝紀二年初與郡守為銅虎符竹使符但憂無蟹

有監州東坡自註云皆世所傳錢氏故事歐陽文忠公歸田錄國朝始置諸

州通判常與知州爭權每云我是監郡時有錢昆少卿求補外郡人問其所欲何

州曰但得有螃蠏無通判處足矣南史吳平侯蕭景傳監揚州有姥詐得符縣吏未

即發姥曰蕭監州符如火汝手何敢當

西臺妙迹繼楊風無限龍蛇洛寺中法書苑李

建中皇朝人直集賢院為西臺御史善占[illegible]

慶題寫幾遍時人以揚風呼之故西臺李
建中有帶名帖數紙雖之功刖亦頗有逸
趣後來佳作也玉壺清話李建中晚喜洛
中景物求留司園池庭榭蕭灑自放一紙清詩弔興廢塵埃
零落梵王宮楚辭離騷惟草木之零落兮恐美人之遲暮金光明經其
香微妙金色晃耀照我等宮大梵王天釋提桓因為聽法故悉自隱蔽不現其身
五季文章墮劫灰左傳昭公三年叔向曰齊其何如晏子曰此季
世也三輔黃圖漢武帝穿昆明池悉是灰墨有方士言此天地劫灰之餘升平
格力未全回漢梅福傳聽用其計升平可致故知前輩宗
徐庾數首風流似玉臺北史庾信傳父肩吾為梁太子中庶

子徐摛為左衛率摛子陵及信並為抄撰學士文並綺艷故世號徐庾體當時後進競相模範徐陵有玉臺新詠

胡穆秀才遺古銅器似鼎而小上有兩柱可以覆而不蹶以為鼎則不足疑其飲器也胡有詩荅之銅器即古爵也

隻耳獸齧環李賀詩銅龍齧環似爭力長脣[illegible]喙三趾下銳春蒲媆兩柱高張秋菌細君看翻覆府仰間覆成三角翻兩髻韓退之石鼎繂

耳穿上為孤髻撑古書雖滿腹後漢趙壹傳一古雖滿腹不如一囊錢苟有用我亦隨世論語苟有用我者期月而已可也差君一見呼作鼎纔注升合已漂逝不如學鴟夷盡日盛酒眞良計漢陳遵傳楊雄酒箴鴟夷滑稽腹如大壺盡日盛酒人復借酤

註東坡先生詩卷第七